d

Das kleine Kinderreimebuch

Die einundfünfzig schönsten Kinderreime
mit vielen bunten Bildern von
Janosch

Diogenes

Auswahl aus *Das große Buch der Kinderreime*
Die schönsten Kinderreime aus alter und uralter
Zeit aufgesammelt sowie etliche ganz neu dazu-
erfunden und bunt illustriert von Janosch
Diogenes Verlag, Zürich 1984

Die Reime
in alphabetischer Reihenfolge

Alle meine Entchen
schwimmen auf dem See,
Köpfchen in das Wasser,
Schwänzchen in die Höh.

Heile heile Gänschen,
das Mäuschen hat ein Schwänzchen!
Heile heile Katzendreck,
morgen ist alles wieder weg!

Heile heile Segen,
drei Tage Regen,
drei Tage Schnee,
tut's dem Kind schon nimmer weh.

Unsre Katz hat Kätzchen gehabt,
dreie, sechse, neune,
eines hat 'ne Mütze auf,
dieses ist das meine.

Ri ra rutsch,
wir fahren mit der Kutsch,
wir fahren mit der Schneckenpost,
bei der es keinen Pfennig kost.
Ri, ra, rutsch.

Johann, spann an!
Drei Katzen voran,
drei Mäuse vorauf –
den Blocksberg hinauf!

Hopp hopp hopp,
Pferdchen, lauf Galopp
über Stock und über Steine,
aber brich dir nicht die Beine!
Hopp hopp hopp hopp hopp,
Pferdchen, lauf Galopp.

Hoppe hoppe Reiter,
wenn er fällt, dann schreit er.
Fällt er in den Teich,
findt ihn keiner gleich.
Fällt er in die Hecken,
fressen ihn die Schnecken.
Fällt er in den Graben,
fressen ihn die Raben.
Fällt er in den Sumpf,
macht der Reiter plumps.

Möcht wohl wissen, wer das ist,
der immer mit zwei Löffeln frißt.

Backe, backe Kuchen,
der Bäcker hat gerufen:
Wer will guten Kuchen backen,
der muß haben sieben Sachen:
Eier und Schmalz,
Zucker und Salz,
Milch und Mehl,
Safran macht den Kuchen gel.

Ilse Bilse,
keiner will se.
Kam ein Koch
und nahm sie doch.

Was? Der alt Has.
Wer? Der alt Bär.

Eine kleine Dickmadam
fuhr mal mit der Eisenbahn.
Eisenbahn, die krachte,
Dickmadam, die lachte.
Lachte, bis der Schutzmann kam,
und sie mit zur Wache nahm.

Ich und du,
Müllers Kuh,
Müllers Esel,
das bist du.

Ene mene
ming mang,
kling klang,
ose pose packe dich,
eia weia weg.

Auf der Mauer,
auf der Lauer,
sitzt ne große Wanze.
Schaut euch nur die Wanze an,
wie die Wanze tanzen kann!
Auf der Mauer,
auf der Lauer,
sitzt ne große Wanze.

Hansen Hansens Hans hackte Holz.
Hätte Hansens Hannchen
Hansen Hansens Hans Holz hacken hören,
hätte Hansens Hannchen
Hansen Hansens Hans Holz hacken helfen.

Zwischen zwei Zwetschenzweigen
zwitschern zwei Schwalben.

Fischers Fritz fischt frische Fische,
frische Fische fischt Fischers Fritz.

Ihr lieben Leut,
was dies bedeut'?
Hat sieben Häut,
beißt alle Leut?

Zwiebel

Es kommt vom Leben,
hat kein Leben
und kann doch jedem Antwort geben.

Schreibfeder

Was ist schwärzer als der Rabe?

Seine Federn

Es kam ein Mann aus Ägypten,
sein Rock war aus tausend Stücken.
Hat ein knöchern Angesicht,
hat einen Kamm und kämmt sich nicht.

Hahn

Zwischen Berg und tiefem Tal
saßen einst zwei Hasen,
fraßen ab das grüne Gras
bis auf den Rasen.

Als sie satt gefressen waren,
setzten sie sich nieder,
bis daß der Jäger kam
und schoß sie nieder.

Als sie sich gesammelt hatten
und sich dann besannen,
daß sie noch am Leben waren,
liefen sie von dannen.

Napoleon, Napoleon,
was macht denn deine Frau?
Sie wäscht sich nicht,
sie kämmt sich nicht,
sie ist eine alte Sau!

Im Zirkus Hosianna,
da ist es wunderschön,
da kann man für zwei Pfennig
den tollen August sehn.

April, April, April,
der weiß nicht, was er will.
Mal Regen und mal Sonnenschein,
dann schneit es wieder zwischendrein.
April, April, April,
der weiß nicht, was er will.

Es regnet, es regnet,
es regnet seinen Lauf.
Und wenn's genug geregnet hat,
dann hört es wieder auf.

Regen, Regen, Tröpfchen,
es regnet auf mein Köpfchen,
es regnet aus dem Wolkenfaß,
alle Kinder werden naß.

Im Sommer, im Sommer,
da ist die schönste Zeit,
da freuen sich die jungen
und auch die alten Leut.

Erst weiß wie Schnee,
dann grün wie Klee,
dann rot wie Blut,
schmeckt allen Kindern gut.

Kirsche

Rote Kirschen eß ich gern,
schwarze noch viel lieber,
in die Schule geh ich gern
alle Tage wieder.

Spannenlanger Hansel,
nudeldicke Dirn,
gehn wir in den Garten,
schütteln wir die Birn!

Schüttel ich die großen,
schüttelst du die klein, –
wenn das Sackerl voll ist,
gehn wir wieder heim.

Lauf doch nicht so närrisch,
spannenlanger Hans,
ich verlier die Birnen
und die Schuh noch ganz!

Trägst ja nur die kleinen,
nudeldicke Dirn,
und ich schlepp den schweren Sack
mit den großen Birn!

Das ist der Daumen,
der schüttelt die Pflaumen,
der liest sie auf,
der trägt sie nach Haus,
und der kleine ißt sie alle, alle auf.

Brüderchen, komm tanz mit mir,
beide Hände reich ich dir,
einmal hin, einmal her,
ringsherum – das ist nicht schwer.

Ringel ringel Reihe!
Sind der Kinder dreie.
Sitzen unterm Holderbusch,
schreien alle musch, musch, musch:
Sitzt nieder!

Petersilie, Suppenkraut
wächst in unserm Garten.
Unser Ännchen ist die Braut,
kann nicht länger warten.
Roter Wein und weißer Wein,
morgen soll die Hochzeit sein.

Ein Vogel wollte Hochzeit machen
in dem grünen Walde.
Vidirallala, vidirallala,
vidiralla lala la.

Die Amsel war der Bräutigam,
sie hatte schwarze Kleider an.

Die Drossel, seine Braute,
trug einen Kranz von Raute.

Der Finke, der Finke,
der bringt der Braut die Strümpfe.

Der Kakadu, der Kakadu,
der bringt der Braut die neuen Schuh.

Der grüne Specht, der grüne Specht,
der macht der Braut das Haar zurecht.

Der Kuckuck schreit, der Kuckuck schreit,
er bringt der Braut das Hochzeitskleid.

Der Sperling, der Sperling,
der bringt der Braut den Trauring.

Die Taube, die Taube,
die bringt der Braut die Haube.

Der Geier, der Geier,
der bringt der Braut den Schleier.

Die Federgans, die Federgans,
die bringt der Braut den Hochzeitskranz.

Die Lerche, die Lerche,
die bringt die Braut zur Kerche.

Der Auerhahn, der Auerhahn,
das ist der Küster und Kaplan.

Der Stiegelitz, der Stiegelitz,
der bringt die Braut zum Kirchensitz.

Brautmutter war die Eule,
nahm Abschied mit Geheule.

Der schwarze Rab, der war der Koch,
man sieht's an seinen Federn noch.

Der Papagei mit krummem Schnabel,
der bringt den Gästen Messer und Gabel.

Der Wiedehopf, der Wiedehopf,
der schenkt der Braut den Blumentopf.

Die Anten, die Anten,
das sind die Musikanten.

Die Meise, die Meise,
die trug herein die Speise.

Die Nachtigall, die Nachtigall,
die führt die Braut in den Tanzsaal.

Der Pfau mit seinem langen Schwanz
macht mit der Braut den ersten Tanz.

Der Uhu, der Uhu,
der macht die Fensterläden zu.

Die Schneppe, die Schneppe,
die führt die Braut zu Bette.

Nun ist die Vogelhochzeit aus,
und alle Vögel gehn nach Haus.
Vidirallala, vidirallala,
vidiralla lala la.

Es tanzt ein Bi-Ba-Butzemann
in unserm Haus herum.
Er rüttelt sich,
er schüttelt sich,
er wirft sein Säckchen hinter sich.
Es tanzt ein Bi-Ba-Butzemann
in unserm Haus herum.

Fiedelhänschen, geig einmal,
unser Kind will tanzen.
Hat ein buntes Röcklein an,
ringsherum mit Fransen.
Tralala, tralala, tralala.

Wir sind zwei Musikanten
und komm' aus Schwabenland.
Wir können spielen
die Violine,

wir können spielen
Baß, Trompet' und Flöte.
Und wir können tanzen
fallerallala.

Morgens früh um sechse
kommt die kleine Hexe,
morgens früh um sieben
schabt sie gelbe Rüben,
morgens früh um acht
wird Kaffee gemacht,
morgens früh um neune
geht sie in die Scheune,
morgens früh um zehne
holt sie Holz und Späne;
feuert an um elfe,
kocht dann bis um zwölfe:
Fröschebein und Krebs und Fisch,
Hurtig, Kinder, kommt zu Tisch!

Der Frosch
verdrosch
die Gräfin Bosch.

Die Frösche, die Frösche,
die sind ein lustig Chor,
sie haben ja, sie haben ja
kein Schwänzlein und kein Ohr.

Denkt euch nur, der Frosch ist krank,
da liegt er auf der Ofenbank,
quakt nicht mehr, wer weiß wie lang.
Denkt euch nur, der Frosch ist krank!

Ich geh' mit meiner Laterne
und meine Laterne mit mir.
Dort oben stehen die Sterne,
hier unten leuchten wir.
Mein Licht geht aus,
wir gehn nach Haus,
Labimmel, labammel, labumm.

Laterne, Laterne,
Sonne, Mond und Sterne,
brenne auf, mein Licht,
brenne auf, mein Licht,
nur meine schöne Laterne nicht.

Sankt Niklas, komm in unser Haus,
leer deine großen Taschen aus,
stell dein Esel auf den Mist,
daß er Heu und Hafer frißt.
Heu und Hafer frißt er nicht,
Zuckerbrezel kriegt er nicht.

ABC, die Katze lief im Schnee,
und als sie wieder rauskam,
da hat sie weiße Stiefel an.
Oh jemineh, oh jemineh,
die Katze lief im Schnee.

ABC, die Katze lief zur Höh'.
Sie leckt ihr kaltes Pfötchen rein
und putzt sich auch das Näselein
und ging nicht mehr, und ging nicht mehr,
und ging nicht mehr im Schnee.

Es schneiet, es schneiet,
es geht ein kalter Wind.
Da ziehn die Mädchen Handschuh an,
die Buben laufen geschwind.

Es schneiet, es schneiet,
es geht ein kalter Wind.
Es fliegen weiße Flocken fein
aufs Köpfchen jedem Kind.

Schlaf, Kindlein, schlaf,
der Vater hüt die Schaf,
die Mutter schüttelt's Bäumelein,
da fällt herab ein Träumelein,
schlaf, Kindlein, schlaf.

Schlaf, Kindlein, schlaf,
so schenk ich dir ein Schaf,
mit einer goldenen Schelle fein,
das soll dein Spielgeselle sein,
schlaf, Kindlein, schlaf!

Schlaf, Kindlein, schlaf,
dein Vater ist ein Schaf.
Deine Mutter heißt Frau Königin,
die Vögel müssen nach Norden ziehn.
Schlaf, Kindlein, schlaf.

Guten Abend, gute Nacht,
mit Rosen bedacht,
mit Näglein besteckt,
schlupf unter die Deck,
morgen früh, wenn Gott will,
wirst du wieder geweckt.

In gleicher Ausstattung liegt vor:
Das kleine Kinderliederbuch
Einundfünfzig deutsche Kinderlieder, gesammelt von
Anne Diekmann
mit vierzig Bildern von
Tomi Ungerer

Hausbücher
im Diogenes Verlag

»Diese Bücher sind Hausbücher,
das heißt, sie wollen wieder und wieder
zur Hand genommen werden,
wollen Grundstock kindlicher Bildung sein.«
Frankfurter Allgemeine Zeitung

Das große Buch vom Schabernack

Aus Hunderten von Bildern Tomi Ungerers wurden die 333 schönsten für dieses prachtvolle Hausbuch ausgewählt, Janosch hat diese Bilder in dem ihm eigenen und berühmten Stil kommentiert – und so ist ein ein einmaliges Werk entstanden: ein Hausschatz für groß und klein.

»Erzkomödiantisch, subversiv, wunderbar und Gott sei Dank nicht pädagogisch wertvoll. Ungerer und Janosch: ein frivoles Duo. Die beiden zwischen zwei Buchdeckeln zusammenzusperren ist eine satanisch gute Idee. Wahr ist, daß hier eine einmalige Sammlung satirisch schöner Zeichnungen mit gereimtem Jux verknüpft wird: hintersinnig, gelegentlich auch ein klein wenig makaber.«
Ute Blaich / Die Zeit, Hamburg

Schnipp Schnapp
oder Was ist was?

Das Buch der Wandlungen und Verwandlungen: Was sucht der Rasierapparat am Kopf der Eule? Wie wird aus der Schere ein Vogelschnabel? Und wer droht in den Wellen der schönen Haare unterzugehen? Wie und warum lacht das Auto? Was steckt hinter den Dingen, und was steckt in was? Unglaublich verblüffende Antworten auf diese und nicht nur diese Fragen gibt Tomi Ungerer in diesem Buch.

Ein Buch nicht nur zum Anschauen, sondern auch ein Buch, das zum Selbermachen reizt, ein

Buch, das die Phantasie beflügelt und jeden zum Weiterspielen anregt, sozusagen ein optisches Rezeptbuch.

Das große Märchenbuch

Die 100 schönsten Märchen aus Europa. Gesammelt von Christian Strich. Mit über 600 Bildern von Tatjana Hauptmann.

»Die außergewöhnlichste Märchensammlung, die es je gab – eine wundervolle Welt der Farben und der Phantasie.«
Schweizer Illustrierte, Zürich

Das große Buch von Rasputin, dem Vaterbär

Das Riesenbuch vom Vaterbär. Sechsundsechzig Geschichten aus dem Familienleben eines Bärenvaters, erzählt und gemalt von Janosch.

Ein prachtvolles Album mit Rasputin, der so ist wie dein Vater, wie unser aller Vater. Rasputin ist der Vaterbär dieser Welt.

Das große Buch der kleinen Tiere

Elf Geschichten von kleinen Tieren für große und kleine Menschen von Bernhard Lassahn mit Bildern von Tomi Ungerer.

Fabelhafte Geschichten, und doch nicht Fabeln im traditionellen Sinne: Die alte, fast schon versunkene Welt der Tiere wird konfrontiert mit heute, die Märchenwelt der Tiere, die Erinnerung an die

Zeit, als die Tiere noch ›Gevatter‹ waren, steht der Welt der Supermärkte und Videorecorder gegenüber. Geschichten zum Vorlesen und Selberlesen, Geschichten auch zur Guten Nacht.

Das große Liederbuch

Über 200 deutsche Volks- und Kinderlieder aus dem 14. bis 20. Jahrhundert, gesammelt von Anne Diekmann unter Mitarbeit von Willi Gohl. Alle im Originaltext und in der Originalmelodie. Illustriert mit über 150 bunten Bildern von Tomi Ungerer.

»In seinem großen Liederbuch hat Tomi Ungerer die schönsten deutschen Volksweisen mit sanfter Ironie und zärtlicher Erinnerung an seine Kindheit bebildert.«
Stern, Hamburg

Das große Buch der Kinderreime

Die schönsten Kinderreime aus alter und neuer Zeit, Auszählverse, Spielgedichte, Abzählreime, Versteckstrophen, Kinderlieder, Schüttelreime, Rätselsprüche, aufgesammelt sowie etliche neu dazuerfunden von Janosch und illustriert mit über 100 farbigen Bildern.

»Janosch, Deutschlands zärtlichster Zeichner, wird immer besser, immer poetischer, immer konsequenter.« *Titel, München*

Das große Reiner Zimnik Geschichtenbuch

Die schönsten Bildergeschichten des großen poetischen Zeichners und zeichnenden Poeten, seine melancholischen, zärtlichen und verträumten Märchen für Erwachsene und Kinder.

Die Figuren dieser Bildergeschichten sind alle liebenswürdige, aufmüpfige, knorrige, naive, traurige oder glückliche Einzelgänger und Außenseiter in Menschen- oder Tiergestalt, die dieser Welt eine heilere, unschuldigere entgegensetzen.

Sauerkraut

Das Buch zur gleichnamigen 13teiligen Zeichentrickserie von Helme Heine, die ab November '92 im ZDF ausgestrahlt wird. SAUERKRAUT – eine der aufwendigsten und innovativsten Serien in der Geschichte des ZDF-Trickfilms.

Dort, wo die Berge die längsten Schatten werfen, wo das Echo nicht aus dem Radio kommt, wo die Kohlköpfe so groß sind wie Wagenräder, wo die Schule nur ein einziges Klassenzimmer hat und der Bus aus der Kreisstadt nicht mehr weiterfahren kann, weil die Teerstraße endet – genau an dieser Stelle liegt SAUERKRAUT, ein Städtchen, das seinen Namen mit Stolz trägt, weil hier vor genau neunhundert Jahren das weltberühmte Sauerkraut erfunden wurde...

Das große Beatrix Potter Geschichtenbuch

Aus dem Englischen von Claudia Schmölders, Renate von Törne und Ursula Kösters-Roth.

»Ein Erwachsener, der die Potter-Geschichten seit seiner Kindheit nicht mehr angeschaut hat, verpaßt ein erstklassiges Kunstwerk.«
The New York Times Book Review

Janosch
im Diogenes Verlag